ARTHUR.

BRUXELLES. — IMPRIMERIE DE J.-A. LELONG.

ARTHUR,

OU

SEIZE ANS APRÈS,

DRAME-VAUDEVILLE EN DEUX ACTES,

PAR MM. DUPEUTY, FONTAN ET DAVRIGY;

MUSIQUE DE M. DOCHE, DÉCORS DE M. CONTENT.

REPRÉSENTÉ, POUR LA PREMIÈRE FOIS, A PARIS,
SUR LE THÉATRE NATIONAL DU VAUDEVILLE,
Le 12 Avril 1838.

BRUXELLES :

J.-A. LELONG, IMPRIMEUR-LIBRAIRE-ÉDIT.,
RUE DES PIERRES, Nº 43;
GAMBIER, LIBRAIRE, RUE DES ÉPERONNIERS, Nº 16.

1838

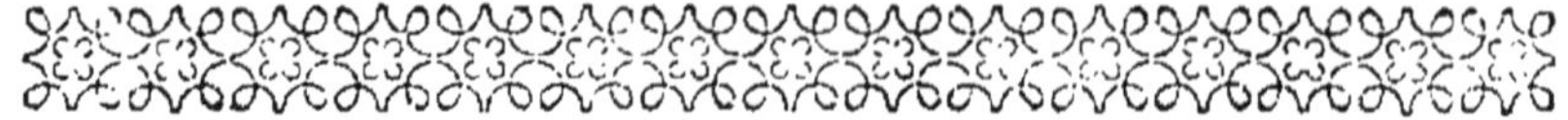

PERSONNAGES.	ACTEURS.
LORD MELVIL, amiral de la marine anglaise.	M. FONTENAY.
SIR ARTHUR.	M. E. TAIGNY.
JÉROME DUFLOT, ancien débitant de tabac.	M. RAVEL.
JOBSON, pêcheur, ancien matelot.	M. AMAND.
MARIE.	Mme ALBERT.
KITTY, femme de Jobson.	Mme RAVEL.
PÊCHEURS, OUVRIERS, NAUFRAGÉS, MATELOTS, FEMMES DE PÊCHEURS, DOMESTIQUES.	

La scène se passe en Angleterre : le premier acte sur la côte de Portsmouth ; le second, à Melvil-Castle.

ARTHUR.

ACTE I.

*Le bord de la mer. Au fond, une barque de pêcheur
sur son chantier. A droite, une cabane de pêcheur
au-dessus de laquelle est suspendue une branche de
pin, enseigne d'un cabaret ; une grande route passe
près du chantier.*

SCENE PREMIERE.

JOBSON, OUVRIERS CHARPENTIERS, *puis* KITTY.

JOBSON.

Dieu merci, la voilà terminée, ma belle barque
toute neuve ! (*Appelant.*) Ohé ! femme, un bon pot
de double ale aux charpentiers de marine, en l'honneur du dernier coup de marteau !

KITTY, *sortant de la cabane avec un pot et des verres.*

Voilà, voilà, notre homme !

CHOEUR GÉNÉRAL.

AIR *de Doche.*

A boire à tout le monde !
Qu'ici, gais matelots,
Le choc des verr's réponde
Au murmure des flots.

(*Ils trinquent et boivent.*)

JOBSON.

Avant que dans la rade
Il vogue en liberté,
Encore une rasade,
Encore... à sa santé !

TOUS.

A boire à tout le monde, etc.

JOBSON.

Maintenant, allez vous faire beaux, en attendant

la cérémonie ; car, vous le savez, ce joli nouveau-né... (*A un ouvrier fort laid.*) Je ne parle pas de toi ; je parle de mon bateau ; ce joli nouveau-né, pour se présenter dans le monde n'attend plus que son parrain.

KITTY.

Et son parrain, c'est lord Melvil, pair du royaume, contre-amiral des flottes de sa majesté, et de plus riche à millions, qui daigne venir lui-même baptiser notre barque et lui donner un nom de sa propre bouche ; quel bonheur, mon bon petit homme ! (*Elle lui tape sur les joues.*)

JOBSON.

Est-ce pas, ma grosse nymphe ? (*Aux ouvriers.*) C'est mylord qui vous en payera des pots de bière et du dgine, et du porter, et du rhum, et de l'eau-de-vie de France !... vous pourrez répéter votre refrain toute la journée.

TOUS.

AIR *précédent.*

A boire à tout le monde, etc.

(*Les ouvriers charpentiers sortent.*)

SCENE II.

JOBSON, KITTY.

KITTY.

Sais-tu que c'est une fameuse faveur qu'il nous fait là, mylord, lui, un seigneur si haut, si fier ?

JOBSON.

Sans compter qu'il nous a mariés, qu'il nous a acheté cette cabane dont nous avons fait un joli cabaret, des filets, une barque, enfin tout, quoi ! et ça, depuis quatre ou cinq ans environ, depuis le jour où je me suis jeté à l'eau, pour ramener au bord ce petit lutin de sir Arthur, qui avait alors douze ans, et qui s'était laissé tomber à la mer.

KITTY.

Il l'aime bien ce jeune homme-là, not' homme !

JOBSON, *affectant l'indifférence.*

C'est tout naturel, un orphelin qu'il a ramené de l'étranger à son dernier voyage. (*A part.*) Est-ce qu'elle aurait des soupçons ?

KITTY.

Un orphelin ! on ne regarde pas comme ça les enfants des autres. Veux-tu que je te dise, moi, je crois qu'il lui est de quelque chose.

JOBSON.

Ah ! bah ! il ne lui ressemble pas du tout.

KITTY.

Il ressemble peut-être à sa mère ?

JOBSON.

A sa mère, à sa mère ! où est-elle ?

KITTY.

Ah ! voilà !

JOBSON.

On en aurait entendu parler...

KITTY.

Ça n'est pas dit : étant tout jeune, mylord a pas mal voyagé en Italie, en Allemagne, en France ; il n'était pas si fier alors ; il s'appelait tout bonnement sir Lionel Burnett.

JOBSON.

C'est vrai, il n'avait pas encore perdu son oncle qui lui a laissé son nom et sa pairie ; mais, qu'est-ce que ça dit, cela ?

KITTY.

Ça dit, ça dit qu'il peut bien avoir trouvé quelque

jeune fille qui n'était pas fière non plus, et alors...
dame, c'est si fragile, la vertu!...

KITTY.

JOBSON.

Allons, tais-toi, mauvaise langue; j'aperçois d'ici
tous nos pêcheurs qui reviennent du château de
Melvil où ils ont été chercher sir Arthur.

KITTY.

Il est parmi eux, entre Thomas le Long et John
Digby; a-t-il l'air mauvais sujet!

JOBSON.

Ça fera le plus joli mid-schipman de toute la marine anglaise et royale.

SCENE III.

LES MÊMES, ARTHUR, PÊCHEURS.

AIR *de Doche.*

Amour
D'un jour,
Et folie
De toute la vie,
Bon vent, bon vin,
C'est le refrain
Du marin.

ARTHUR.

Pour ton mari, jeune fille,
Regarde, veux-tu de moi?
J'ai seize ans, je suis bon drille,
Et de plus, marin du roi.
Non pas, répondit la belle;
Je veux un mari constant,
Et les marins, reprit-elle,
C'est comme le vent,
Changeant.
(*Parlé.*) Tu me refuses, eh bien!...
Tope là,
Ça va!

CHOEUR GÉNÉRAL.
Amour
D'un jour, etc.

ARTHUR.
Mais pour ton amant, ma belle,
Peut-être en voudras-tu bien ?
Pour mon amant, me dit-elle,
Oh ! je ne jure de rien...
Ecoute : A chaque voyage,
M'inquiéterai fort peu...
Si loin d' moi tu seras sage,
A la gard' de Dieu !
Adieu !

(*Parlé.*) Tu souris ; adieu, friponne, allons donc !
Tope là,
Ça va !

REPRISE DU CHOEUR.
Amour
D'un jour, etc.

KITTY.
Elle n'est pas belle, votre chanson, sir Arthur.

ARTHUR.
Et toi, tu es charmante. (*Il l'embrasse.*)

KITTY, *à part.*
Est-il vif, est-il vif ! Plus de doute, il est né en France.

JOBSON, *à Arthur.*
Dites donc, sir Arthur, il me semble que vous auriez bien pu vous dispenser...

ARTHUR, *sans l'écouter.*
Bonjour, bonjour, mon brave Jobson ! (*Montrant le bateau.*) C'est donc là le marmot que nous allons baptiser ! au moins, celui-là, nous sommes bien sûrs qu'il ne pleurera pas pendant la cérémonie.

KITTY.

Mais, vous parlez de baptême, et le parrain?

ARTHUR.

Mylord m'a prié de le précéder de quelques instants; il attendait au château des nouvelles auxquelles il paraît attacher la plus grande importance et qu'il ne peut tarder à recevoir.

JOBSON.

Je suis sûr que c'est encore pour une bonne action.

ARTHUR.

C'est bien ce que tu dis là, tu lui rends justice, toi, tu ne l'acccuses pas de hauteur, de fierté; vois-tu, Jobson, tu me fais plaisir en parlant ainsi, et pour la peine, il faut que j'embrasse encore ta femme.

JOBSON.

Merci, merci!

KITTY, *au fond.*

Voilà mylord, voilà mylord!

ARTHUR, *aux pêcheurs.*

Alors, les chapeaux en l'air, et hourra pour l'amiral.

TOUS.

Hourra... hourra!...

SCENE IV.

LES MÊMES, LORD MELVIL.

LORD MELVIL.

Merci, merci, mes amis; mais de tels honneurs ne me sont pas dus ici, nous ne sommes pas à bord.

ARTHUR.

Mylord, vous paraissez moins préoccupé, plus heureux; ces nouvelles que vous attendiez...

LORD MELVIL.

Je les ai reçues, Arthur, et c'est vous qui allez les

lire à haute voix. (*Il lui remet des papiers sous enveloppe.*)

ARTHUR.

Moi, mylord !

LORD MELVIL.

Vous, mon ami, car cette lettre est à votre adresse.

ARTHUR, *qui a ouvert la lettre.*

Que vois-je ? le cachet de la chancellerie ! mon nom ! un brevet d'officier pour moi.

TOUS.

Officier !

ARTHUR.

Ah ! mylord, c'est encore un de vos bienfaits.

LORD MELVIL.

C'est le prix de vos progrès et de votre belle conduite à l'école de marine, Arthur.

ARTHUR.

N'étais-ce pas assez d'avoir recueilli sur une terre étrangère le pauvre orphelin... (*Avec douleur.*) que sa mère avait abandonné. (*Lord Melvil fait un mouvement ; Jobson aussi, ils se regardent.*)

KITTY, *bas à Jobson.*

Vois-tu comme mylord est ému ?

JOBSON.

Tais-toi.

ARTHUR.

Vous avez voulu qu'il vous dût plus que la vie, en mettant dans son cœur l'amour des belles actions, et le désir de vous ressembler un jour.

LORD MELVIL, *le serrant dans ses bras.*

Mon Arthur !

KITTY, *bas à Jobson.*

Vois-tu comme il le regarde ?

JOBSON.

Mais tais-toi donc, bavarde.

ARTHUR.

Oui, quelque chose me dit là qu'un jour je marcherai sur vos traces... Ah! mylord, mylord, je voudrais y être déjà !

KITTY, *à part.*

Et dire qu'une mère a eu le courage de l'abandonner !

LORD MELVIL.

Noble enfant, tu seras ma joie et mon orgueil !

ARTHUR.

Mylord, si vous le permettez, je vais payer à tous ces braves gens ma bien-venue d'officier.

LORD MELVIL.

Certainement, Arthur; c'est une dette à laquelle vous devez faire honneur.

ARTHUR, *aux pêcheurs.*

Eh bien! alors, suivez-moi, matelots, au cabaret du papa Jobson. En attendant notre digne ministre et le cortége de la cérémonie, nous viderons la cave ensemble... Viens nous servir, Kitty.

JOBSON, *à Kitty.*

Ma femme, je te défends d'y aller.

KITTY.

Et moi, je me le permets, vilain jaloux.

REPRISE DU CHŒUR.

Amour
D'un jour, etc.

(*Ils entrent tous dans la maison.*)

SCENE V.

LORD MELVIL, JOBSON.

LORD MELVIL, *regardant Arthur en dehors.*

Quelle âme grande et élevée !

JOBSON, *regardant sa femme s'éloigner.*
Quelle folle ! comme elle court !

LORD MELVIL.
Quelle nature généreuse !

JOBSON.
Pourvu qu'elle n'aille pas faire un faux pas !

LORD MELVIL.
Oh ! je l'aime, je l'aime ! Mon Arthur, que je suis fier de toi ! (*Redescendant la scène, et avec tristesse.*) Et puis, mes torts envers celle qui t'a donné la vie m'ont imposé le devoir de te chérir encore davantage, de te chérir pour elle et pour moi. Je le sens, ce n'est qu'à force de tendresse que je pourrai expier les fautes de ma jeunesse... l'avoir privé des baisers de sa mère, de sa mère qu'il n'a jamais connue et que j'ai si cruellement traitée... Pauvre Marie !

JOBSON, *qui est redescendu aussi.*
Que saint Georges et saint Dunstan me pardonnent la part que j'ai prise à tout cela !

LORD MELVIL.
Encore, Jobson ? n'ai-je pas assez payé les services que tu m'as rendus, et le secret que tu m'as gardé ?

JOBSON.
Oh ! je ne me plains pas, mylord ; moi, qui n'étais, il y a quinze ou seize ans, que votre matelot, votre domestique, vous m'avez acheté une belle pêcherie, des filets, une jolie petite maisonnette et une petite femme plus gentille encore... je suis heureux, très heureux ; mais, voyez-vous, depuis que je suis père, surtout, j'ai comme des remords, et quand je regarde jouer mon petit John, il me semble toujours que quelqu'un va venir me l'enlever, comme j'ai eu la cruauté d'enlever le petit Arthur. Pauvre femme ! elle en sera morte de chagrin.

LORD MELVIL, *ému.*

Tu sais, Jobson, quelles circonstances me forcè-
rent de revenir en Angleterre, de la quitter?

JOBSON.

Oui, mylord... de l'abandonner, en lui laissant pour
tout appui un pauvre cousin, modeste débitant de
tabac qui n'a pas pu lui être bon à grand'chose.

LORD MELVIL.

Depuis n'ai-je pas cherché à lui faire parvenir de
l'or, des sommes considérables?

JOBSON.

C'est vrai; j'ai même fait trois voyages à Paris pour
ça, avant mon mariage : les deux premières fois elle
n'a pas même voulu m'écouter, et la troisième, elle
m'a mis à la porte, à la porte de sa petite chambre
où elle travaille nuit et jour en habit de deuil, un
berceau vide devant elle et votre portrait au-dessus.

LORD MELVIL.

Assez, assez, Jobson, ce malheur est irréparable.

JOBSON.

Et moi, je dis qu'à votre place, ça serait bientôt
réparé, et je sais bien ce que je ferais.

LORD MELVIL.

Que ferais-tu?

JOBSON.

J'écrirais à celle qui souffre depuis plus de seize
ans : « Si vous n'êtes pas morte de douleur, venez,
« venez tout de suite. » Et, une fois ici, près de moi,
j'appellerais Arthur, et je lui dirais : « Mon enfant,
« voilà ta mère!»

LORD MELVIL.

Jobson!

JOBSON.

Et le lendemain, la femme séduite aurait un nom, elle s'appellerait lady Melvil.

LORD MELVIL.

Jamais!

JOBSON.

Et votre conscience serait bien plus tranquille, et la mienne aussi; moi qui lui ai volé son enfant, sa seule consolation dans ce monde, moi qui n'ai pas rougi de dire à sir Arthur que sa mère l'avait abandonné presque nu sur les marches de Notre-Dame! (*Avec expansion.*) Ah! mylord, nous avons, vous et moi, bien des torts à nous reprocher.

LORD MELVIL, *qui s'est contenu avec peine.*

Écoute, Jobson, écoute mes dernières paroles. Je suis pair du royaume, contre-amiral de la marine de S. M. Britannique, et jamais le descendant des Melvil ne tachera son écusson par une mésalliance.

JOBSON.

Sir Lionel a donc tout oublié! (*L'orage commence à gronder.*)

LORD MELVIL, *avec autorité.*

Taisez-vous!

JOBSON.

Oui, mon commandant. Aussi bien, je crois que nous sommes menacés d'un gros temps, et votre seigneurie ferait bien de ne pas l'attendre ici.

SCENE VI.

LES MÊMES, ARTHUR, KITTY, PÊCHEURS, *sortant du cabaret de Jobson.*

ARTHUR.

Quel bonheur! des éclairs! le tonnerre! un orage qui se prépare! que c'est dur de ne pas être en mer par ce temps-là, pour mon apprentissage!

LORD MELVIL.

Oh! le vent s'élève, ce ne sera rien.

ARTHUR.

Et moi, je soutiens que nous allons avoir un grain.

LORD MELVIL, *souriant.*

Et à quoi jugez-vous cela, mon jeune officier ?

ARTHUR, *lui donnant sa longue-vue.*

Regardez vous-même ce gros nuage là-bas, là-bas,
à l'horizon !

LORD MELVIL, *regardant.*

C'est parbleu vrai !

ARTHUR.

Oh! je profite de vos leçons. Tenez, par exemple,
ce joli petit cutter que nous avons aperçu ce matin
au large et qui voguait vent arrière pour doubler la
pointe de Portsmouth, eh bien! je parie que, si j'é-
tais à son bord, je commanderais mieux que le pilote
qui le conduit.

LORD MELVIL.

Comment cela !

ARTHUR.

Il avait l'air de ne pas connaître la côte, et avec
le temps qu'il fait, gare au grand rocher noir !

LORD MELVIL.

Pour cette fois, Arthur, j'espère que votre science
sera en défaut.

ARTHUR.

Je le souhaite, amiral. (*Coups de tonnerre conti-
nus, et éclairs successifs.*)

CHOEUR.

Morceau de Doche.

Ah! grand Dieu! quel affreux orage !
La foudre gronde dans les cieux;

Les flots s'élancent furieux,
Et tout nous prédit un naufrage.
*(Pendant le chœur, Arthur est monté sur le tertre, et
regarde à la longue-vue.)*

ARTHUR, *à lord Melvil.*

Voyez, mylord, voyez ce bâtiment !
Ce que j'avais prévu s'apprête,
Sous la fureur de la tempête
Il va périr assurément.

LORD MELVIL.

Il perd ses voiles... c'est à peine
S'il peut marcher... ah ! plus d'espoir !
Le courant l'entraîne
Contre le rocher noir !

(Deux coups de canon.)

CHOEUR.

O ciel ! le canon de détresse !

ARTHUR.

Tous à la mer, que l'on s'empresse ;
A leur secours !
Sauvons leurs jours !

CHOEUR.

A leur secours !
Sauvons leurs jours !

LORD MELVIL, *embrassant Arthur.*

Mon noble enfant !

ARTHUR.

Ah ! guidez-nous vous-même.

LORD MELVIL, *d'une voix forte; parlé.*

Tous à la mer, à l'instant même !

CHOEUR.

A leurs secours !
Sauvons leurs jours !
(Tous les hommes s'élancent hors de la scène.)

SCENE VII.

KITTY, FEMMES *et* JEUNES FILLES.

TOUTES, *à genoux.*
Seigneur, entends notre prière,

ARTHUR.

Donne le succès à nos vœux,
Protége-les... jette sur eux
Un regard tutélaire.

(La musique continue à l'orchestre.)

KITTY.

Les barques s'éloignent ; sir Arthur est sur la première, il encourage, il aide les rameurs... mylord est sur la seconde, mon homme est à côté de lui, ils approchent du navire... *(Jetant un cri.)* Ah ! les flots les repoussent.

TOUTES, *retombant à genoux.*

Seigneur, entends notre prière,
Donne le succès à nos vœux,
Et que ta bonté tutélaire,
Aujourd'hui s'étende sur eux.

KITTY.

Je n'ose plus regarder, je tremble, j'ai froid, j'ai peur... mais, écoutez, il me semble... oui, ce sont des voix que je reconnais. *(Au fond où elle a couru.)* Oh ! Dieu soit béni ! ils reviennent. Tenez, tenez, voyez vous-mêmes, ils reviennent...je ne serai donc pas veuve !

SCENE VIII.

LES MÊMES, JOBSON, MATELOTS, ARTHUR, *puis* LORD MELVIL, NAUFRAGÉS.

ARTHUR, *de la coulisse.*

Sauvée, sauvée !... *(Il entre, portant dans ses bras une femme évanouie qu'il dépose sur un banc et que les femmes entourent.)* Oui, c'est moi qui l'ai sauvée, mais elle est évanouie... Pauvre femme ! Kitty, je vous la confie. *(A mylord qui entre.)* Oh ! mylord, venez ; moi aussi, j'ai sauvé quelqu'un, et une Française, une compatriote.

LORD MELVIL.

Bien, bien, mon ami!

ARTHUR.

Maintenant qu'elle est en sûreté, aux autres? si nous en laissons périr un seul, nous n'aurons rien fait. Enfants, aux chaloupes!

TOUS.

Aux chaloupes! (*Ils sortent.*)

LORD MELVIL.

Jobson, que ta femme donne tous ses soins à cette infortunée.

JOBSON.

Vous entendez, portez-la dans la cabane?... (*Il s'est approché et a regardé la femme évanouie.*) Ah! mon Dieu, qu'est-ce que j'ai vu là?

KITTY.

Eh bien! qu'est-ce qu'il te prend donc?... elle n'est par morte, va... et, pour la faire revenir, je vas lui faire avaler du vinaigre, et lui taper dans les mains. (*Elle l'emporte avec les autres femmes.*)

JOBSON, *à part.*

Si ce n'est pas un revenant, c'est elle.

SCENE IX.

LORD MELVIL, JOBSON.

LORD MELVIL.

Eh bien! matelot, tu ne les suis pas?

JOBSON.

Non, mylord.

LORD MELVIL.

Qu'as-tu donc? tu as l'air tout troublé.

JOBSON.

Vous seriez plus troublé que moi, amiral, si vous aviez vu ce que je viens de voir.

LORD MELVIL.

Qu'est-ce donc ?

JOBSON.

Cette femme évanouie...

LORD MELVIL.

Eh bien ?

JOBSON.

Malgré une si longue abscence, je l'ai reconnue... c'est elle... c'est la pauvre abandonnée dont nous parlions tout à l'heure, c'est la mère de sir Arthur...

LORD MELVIL.

Silence !... malheureux... Oh ! mais, c'est impossible, ce que tu me dis là... tu te seras abusé.

SCENE X.

LES MÊMES, JÉROME.

JÉROME, *en dehors.*

Au secours ! au secours !... ou je plonge.

JOBSON.

Un des naufragés du bâtiment !

JÉROME, *en dehors.*

Au secours ! au secours !...

JOBSON.

Il est sur une bouée de sauvetage... laissez-moi le tirer de là, mylord. (*Il sort un instant.*)

JÉROME, *en dehors.*

Ne vous mouillez pas... ne vous mouillez pas... donnez-moi seulement la main pour débarquer.

LORD MELVIL, *à part.*

Elle serait ici... si près d'Arthur ! (*Jérome et Jobson entrent en scène.*)

JÉROME.

Imaginez-vous qu'ils m'avaient mis à cheval sur un tonneau, et puis qu'ils m'ont oublié.

JOBSON.

Mais, mon pauvre homme, vous devez être tout trempé?

JÉROME.

Non, il n'y a que le bas... Mais ma cousine, où est ma cousine? je veux ma cousine!

LORD MELVIL, *vivement.*

Votre cousine... comment se nomme-t-elle?

JÉROME.

Moi, je m'appelle Jérôme Duflot, naguère débitant de tabac à Paris.

LORD MELVIL, *à part.*

Son parent!

JÉROME.

Quant à elle, elle désire qu'on l'appelle tout simplement Marie.

LORD MELVIL, *à Jobson.*

Marie!... plus de doute, c'est elle... Éviter sa présence... impossible...

JOBSON, *bas.*

Elle saurait bientôt que sir Lionel et lordMelvil ne font qu'un.

LORD MELVIL, *de même.*

Il vaut mieux que je la voie, que je lui parle, avant qu'elle ait pu prendre le moindre renseignement.

JÉROME.

Vous ne me dites rien... vous parlez entre vous, étrangers... est-ce que ma pauvre cousine n'aurait pas été repêchée?... ah! dites-le-moi, et je retourne tout de suite à mon tonneau.

LORD MELVIL.

Non, rassurez-vous... votre cousine est sauvée... vous la verrez bientôt, et vous serez, ainsi qu'elle, monsieur Duflot, traités avec les égards que vous méritez. *(A Jobson.)* Reste avec cet homme.

JÉROME, *à part.*

Il est fort bien élevé, ce marin. (*Lord Melvil le salue et sort; il rend le salut à plusieurs reprises.*)

SCÈNE XI.

JOBSON, JÉROME.

JÉROME.

Mais, fort bien, fort bien élevé... Comment s'ap-
pelle-t-il?

JOBSON.

Lord Melvil.

JÉROME.

Lord Melvil! connais pas... Il est vrai que je (*Il
secoue ses jambes mouillés, et renouvelle ce mouvement pendant le reste de la scène.*) ne conais personne
en Angleterre.

JOBSON, *à part.*

Tâchons de savoir pourquoi et comment ils sont
venus en Angleterre. (*Haut.*) Et nous avons traversé
la Manche, nous avons sauté le Pas-de-Calais, pour
notre commerce de tabac, papa Jérôme... un peu de
contrebande?

JÉROME.

Du tout, du tout, je méprise le *Macoubac*, et j'ai
en horreur le *Prince-Régent*... Ce qui m'amène dans
votre Albion, je voudrais ne le dire à personne, et
cependant il faut bien que je conte mon affaire, puis-
que j'ai besoin de renseignements.

JOBSON.

Eh bien! alors, vous ne pouviez pas mieux tomber
qu'avec moi.

JÉROME.

Je commencerai par vous dire que les Anglais,
c'est tous des gueux.

JOBSON.

Hein ?

JÉROME.

Excepté vous et ce monsieur bien élevé de tout à l'heure... Je poursuis... J'avais donc, dans ce temps-là, une cousine que j'aimais, et qui ne m'aimait pas... vu qu'elle s'était amourachée d'un scélérat de goddem...

JOBSON, *à part.*

Bon ! c'est notre histoire.

JÉROME.

Je sais bien qu'il s'appelait Lionel, et que je m'appelle Jérôme... mais ça n'était pas une raison pour se laisser tromper indignement par un homme qui l'a abandonnée un beau jour, pour retourner dans son île... Je poursuis : si bien que l'enfant avait alors quinze à dix-huit mois ; la mère était malade... elle pleurait tant... moi, j'avais pris dans ma boutique le pauvre innocent, et je le soignais, je le dorlotais, je le berçais... enfin, tout, quoi ! et je me disais : Puisqu'elle ne veut pas m'aimer, son enfant m'aimera peut-être...

JOBSON, *à part.*

Pauvre cher homme !

JÉROME.

Mais, voilà qu'un jour... non, c'était un soir... je n'avais pas encore allumé mon quinquet, et le petit jouait là, près du comptoir, entre moi et un magot de faïence, quand un individu à manteau entre dans la boutique.

JOBSON, *à part.*

Je m'en souviens.

JÉROME.

« Une once à priser, s'il vous plaît... » Je le pèse, le scélérat...et je lui fais même bon poids, le brigand...

lui, qu'est-ce qu'il fait, il me lance son tabac au visage, il m'insère l'once entière dans les deux yeux...une demi-once dans chaque œil... brrr... rien que d'y penser, ça me cuit encore... je ne criais pas, je beuglais, et quand je fus guéri de ma cataracte, plus d'enfant... il avait disparu, il me l'avait enlevé, il me l'avait volé, le gueusard, le forçat, le criminel... Dites que c'est un criminel, ça me fera plaisir.

JOBSON, lui serrant la main.

Eh bien! oui, c'est un coquin.

JÉROME.

Vous avez mon estime... Je poursuis : La pauvre mère resta deux mois entre la vie et la mort... moi je lui dis : Ne pleurez pas, nous irons un jour à la recherche de votre fils qui ne peut être qu'en Angleterre... malheureusement elle était sans argent et moi je n'avais pas le sou, et il fallait en faire des cornets de tabac pour amasser le voyage... Le fonds n'était pas à moi... pour lors, je me suis mis à calculer que pour avoir une somme un peu ronde, il fallait boire de l'eau et manger des pommes de terre pendant seize ans... Eh ben! que je me dis, vive l'amitié, et... enfin, ce qui se dit en pareil cas... et maintenant, jusqu'à ce que le dernier écu soit dépensé, nous allons parcourir toute l'Angleterre pour retrouver mon voleur d'enfants.

JOBSON.

Mais quel espoir avez-vous? Vous n'avez pas même vu ses traits, vous ne pourriez pas le reconnaître quand il serait devant vous, là, comme moi, à nous regarder en face?

JÉROME.

Ah! mon Dieu! qu'est-ce que je vois?

JOBSON, *à part.*

Eh bien ! qu'est-ce qui lui prend donc ?

JÉROME.

Attendez, attendez, que je compare l'objet. *(Il tire de sa poche un bouton enveloppé dans un papier.)* En cherchant à retenir mon homme, ce bouton m'est resté dans la main, et il est tout à fait semblable à ceux que vous portez. En voilà, un renseignement !

JOBSON.

Oh ! oui, à présent vous savez que c'est un marin, et comme nous sommes quarante mille comme ça en Angleterre, vous n'avez plus qu'à choisir.

JÉROME.

C'est parbleu vrai, je n'y avait pas pensé ; mais j'en ai un autre renseignement. Vous m'aiderez, n'est-ce pas, vous qui êtes du pays ?

JOBSON.

Oui, oui, certainement.

JÉROME.

Je cours chercher mes effets, et je reviens auprès de ma cousine, pour lui conter le service que vous voulez nous rendre.

JOBSON.

C'est ça, je vous attends, et si je ne vous fais pas trouver votre voleur, c'est que, vraiment, je ne le voudrais pas.

JÉROME.

AIR : *Quel cruel mystère!* (Pierre-le-Rouge, 3me acte.)

En vous j'mets ma confiance,
Oui, j'ai bonne espérance,
Et, j'en suis sûr d'avance,
Tout me réussira.
Ah ! pour moi quel délire
Lorsque je pourrai dire...

(Il le prend par le bras.)
En le tenant comm' ça :
Mon voleur, le voilà !

ENSEMBLE.

En vous j' mets ma confiance, etc.

JOBSON.

Ayez de la confiance,
Surtout bonne espérance,
Car, j'en suis sûr d'avance,
Tout vous réussira.

(Jérome sort en courant.)

SCENE XII.

JOBSON ; *puis* LORD MELVIL, KITTY, MARIE.

JOBSON.

Si je sais ce que je lui dirai, par exemple... Ma foi, je consulterai l'amiral, et ce qu'il m'ordonnera de faire, je le ferai. Mais, je ne me trompe pas, c'est my-lord lui-même qui vient de ce côté, le bras de cette pauvre malheureuse femme appuyé sur le sien. S'il pouvait avoir eu un bon mouvement ! *(Marie entre soutenue par Ketty d'un côté, et de l'autre appuyé sur le bras de lord Melvil.)*

KITTY.

Prenez un peu l'air, ma bonne petite dame, ça vous fera du bien.

MARIE, *le regard fixe.*

Où suis-je ?

LORD MELVIL *fait signe à Jobson et à Kitty de s'éloigner; à Marie.*

Cet orage qui vous a tant effrayée a tout à fait cessé.

MARIE.

Oui, oui. *(Elle cherche à rassembler ses souvenirs.)*

LORD MELVIL , *à part.*

Elle ne me reconnaît pas. (*Kitty et Jobson rentrent dans la cabane.*)

SCENE XIII.

LORD MELVIL, MARIE.

MARIE.

Ah! c'est un rêve affreux! (*Elle se laisse tomber sur un banc.*) Mais non, ce n'est point un rêve, je ne sais; il m'a semblé que j'étais partie de France sur un vaisseau, oui, et l'orage a grondé, des cris de désespoir ont retenti; puis mes sens m'ont abandonnée, je me suis vue mourir; mais une voix jeune et pure a frappé tout à coup mon oreille. Je vous sauverai, m'a-t-elle dit; et me voilà, je suis sauvée.

LORD MELVIL, *à part.*

Son regard est moins fixe.

MARIE, *l'apercevant.*

Ah! c'est vous, monsieur, à qui je dois la vie, merci, merci, pour une pauvre mère. (*Le regardant en face.*) Mais, que vois-je? est-ce une illusion? je m'abuse, sans doute.(*Tombant à genoux.*) Ah! parlez, monsieur, je vous en supplie.

LORD MELVIL.

Relevez-vous, madame, relevez-vous.

MARIE.

Cette voix! oh ! c'est lui, mon Dieu ! Lionel !

LORD MELVIL, *avec émotion.*

Marie !

MARIE.

Lionel! (*Elle regarde autour d'elle.*) et mon fils? qu'avez-vous fait de mon fils?

LORD MELVIL.

Calmez-vous, Marie.

MARIE.

Oh ! un mot, un seul mot, au nom du ciel.

LORD MELVIL.

Il vit, il est ici.

MARIE.

Mon Arthur ! *(Appelant à haute voix.)* Arthur !
mon fils !

LORD MELVIL.

Oh ! taisez-vous, taisez-vous, par pitié, il va venir,
je vous le promets ; mais, auparavant, vous m'écouterez. *(Mouvement de Marie.)* Oh ! vous m'écouterez,
Marie, car le moment peut décider de votre sort et
du mien, de tout l'avenir de votre enfant.

MARIE, *avec effroi.*

Que dites-vous ?

LORD MELVIL.

Je dis que c'est une fatale pensée que celle qui vous
inspira en venant en Angleterre.

MARIE.

Oh ! pouvez-vous parler ainsi, mon Dieu ! Mais
vous ne savez donc pas tout ce que j'ai souffert ? La
douleur a égaré ma raison, j'ai été folle, mylord, oui,
folle. J'appelais Arthur à grands cris, je croyais le
voir partout, la nuit, le jour. Oh ! j'ai été bien malheureuse, allez ! et maintenant qu'il est près de moi,
vous dites que c'est une pensée fatale qui a inspiré
la pauvre Marie ! Ah ! mylord, vous ne comprenez
pas le cœur d'une mère, et vous n'avez jamais aimé
votre enfant.

LORD MELVIL.

Je n'ai jamais aimé mon enfant ! mais c'est cet
amour qui m'a égaré, qui m'a rendu plus coupable
encore envers vous.

MARIE , *doucement.*

Oh ! ne parlons plus de vos torts : il y a longtemps
que je vous les ai pardonnés.

LORD MELVIL.

Et moi, j'ai voulu, pour acquérir quelques droits
à ce pardon de la mère , redoubler d'amour pour le
fils. Ah ! Marie, vous le verrez, demandez-lui de
quels soins j'ai entouré son enfance, avec quelle
tendresse j'ai veillé sur lui, avec quelle joie je l'ai
vu grandir sous mes yeux !

MARIE.

Je ne l'ai pas vu, moi !

LORD MELVIL.

Comme je le regardais avec ivresse quand il som-
meillait dans son berceau ! comme mon cœur battait
en contemplant ses traits si doux !

MARIE.

Il est bien beau, n'est-ce pas ?

LORD MELVIL.

Puis, quand il est devenu un homme, c'est moi
qui lui ai mis au cœur tous les nobles sentiments,
c'est moi qui l'ai formé à toutes les vertus, il est mon
orgueil, mon espoir. Maintenant, Marie, sa vie est
la mienne : vivre sans lui, je ne le pourrais pas ! Oh !
vous voyez bien que je l'aime autant que vous.

MARIE.

Eh bien! nous l'aimerons à nous deux, Lionel!
Allons, conduisez-moi vers lui, que je l'embrasse ,
que je le presse contre mon cœur !

LORD MELVIL , *la retenant.*

Arrêtez.

MARIE.

Je veux le voir.

LORD MELVIL.

Au nom du ciel, Marie, ne lui dites pas encore qu'il est votre fils!

MARIE.

Ne pas lui dire qu'il est mon fils! et pourquoi?

LORD MELVIL.

Pourquoi? mais, vous ne voyez pas que c'est la honte que vous appelez sur son front, et que vous exposez la mère à rougir devant son fils!

MARIE, *avec désespoir*.

C'est vrai, mon Dieu! Mais que m'importe ce monde qui m'a rejetée de son sein! Lui dois-je donc le sacrifice de toute ma vie? Non, j'ai été trop malheureuse! je veux voir mon fils, je veux le voir.

LORD MELVIL.

Par pitié pour lui, pour tous trois, attendez.

MARIE.

Mais il y a seize années que j'attends.

LORD MELVIL.

Je ne vous demande qu'un jour, un seul jour de silence, Marie... le sacrifice ne sera accompli qu'à moitié, car vous me suivrez au château.

MARIE.

Avec lui?

LORD MELVIL.

Avec lui, vous ne le quitterez pas, vous le verrez à chaque heure, à chaque instant, vous dormirez auprès de lui, et demain...

MARIE.

Demain, pas plus tard?...

LORD MELVIL.

Demain, je vous le jure sur l'honneur, notre sort à tous sera fixé.

MARIE.

J'attendrai, mylord. (*Bruit en dehors.*)

LORD MELVIL.

Écoutez, on vient. (*On distingue la voix d'Arthur.*)

MARIE.

Cette voix!...

LORD MELVIL.

C'est la sienne.

MARIE, *avec un cri.*

Ah! enfin...

LORD MELVIL.

Songez à ce que vous m'avez promis.

SCENE XIV.

LES MÊMES, JOBSON, KITTY, PÊCHEURS, NAUFRA-GÉS, ARTHUR, JÉROME, *chargé de paquets, de cartons et d'une cage à perroquet.*

ARTHUR.

Mylord, grâce au ciel et à ces braves gens, aucun des naufragés n'a péri. (*Marie le regarde; Melvil lui fait signe de se contenir.*)

JÉROME.

Ni moi non plus, ma cousine, ni mes effets, ni mon perroquet, comme vous voyez.

ARTHUR.

Dieu merci, tout le monde va bien; et vous aussi, madame, vous que j'ai eu le bonheur de sauver?

MARIE.

Vous, c'est vous?

LORD MELVIL.

Oui, madame, c'est à lui que vous devez la vie.

MARIE.

A lui... à lui... (*Elle se jette à son cou et l'embrasse avec délire.*)

LORD MELVIL, *à part.*

Elle va se trahir.

MARIE, *s'éloignant d'Arthur.*

Pardonnez, sir Arthur, ce mouvement involontaire ; mais j'ai été mère, j'ai eu un fils, et je l'ai perdu.

AIR *de Doche.*

C'est qu'aujourd'hui mon fils aurait votre âge,
Vos traits si doux et votre noble ardeur,
Et comme vous par son courage
Il eût aussi secouru le malheur !
Ce souvenir a fait battre mon cœur.
Car, en pensant aux jours de son enfance,
Où, sur son sein pleurant, je le berçais,
Il m'a semblé, dans ma reconnaissance,
Que c'était lui que j'embrassais.

ARTHUR.

Vous avez perdu votre fils... moi, j'ai perdu ma mère, et rien que pour cela, il me semble déjà que je vous aime.

LORD MELVIL, *voulant détourner la conversation.*

Arthur !... vous ne réfléchissez pas que madame, que tous les naufragés de ce bâtiment ont besoin de repos pour se remettre de leurs fatigues, et comme la maison de Jobson est trop petite pour recevoir tant de monde, s'ils le permettent, je leur offre l'hospitalité au château de Melvil.

JÉROME.

Nous le permettons. (*A part.*) Il est fort bien élevé, ce monsieur-là !

ARTHUR.

Mais, amiral, vous oubliez le baptême de la barque ; justement, voici tout le cortége qui nous revient avec la fin de l'orage !

SCENE XV.

LES MÊMES, JEUNES FILLES, *portant le pavillon d'Angleterre en bannière*, LE MINISTRE.

CHOEUR.

AIR *de Doche.*

Barque neuve et légère,
Au caprice des eaux,
Tu vas en téméraire
T'élancer sur les flots !
Dieu toujours te regarde
Sous les vents incertains !
Et vogue sous la garde
Du patron des marins.

ARTHUR.

Ah ! çà, mais, dites donc, nous avons bien le parrain ; mais une marraine, nous n'y avons pas pensé... Mylord, si madame voulait...

MARIE.

Moi... oh ! oui, oui, bien volontiers !...

LORD MELVIL.

Quel nom donnerez-vous à la barque ?

MARIE, *émue.*

Le jeune Arthur ! (*Arthur a pris le pavillon et est monté sur la barque avec quelques autres.*)

(*Suite de l'air.*)

Que ce nom, dicté par mon âme,
Du bonheur soit un gage sûr !
Oui, j'espère que Notre-Dame
Protégera le jeune Arthur !

REPRISE DU CHOEUR.

Barque neuve et légère, etc.

(*Les banderolles et le pavillon s'agitent de nouveau : le ministre étend les mains comme pour bénir la barque.*)

FIN DU PREMIER ACTE.

ACTE II.

Un salon à Melvil-Castle.

SCENE PREMIERE.

JÉROME DUFLOT, *seul, arrivant du fond, sa serviette encore attachée à son cou.*

J'ai bien déjeuné, mais fort bien, fort bien déjeuné :
un bifteack pour trois, au moins, que j'ai dévoré.
Ah ! les scélérats, qu'ils font bien ces sortes de choses !

AIR : *J'ai vu le Parnasse.*

Aussi de c' peuple maritime,
Moi, je ne dirai plus de mal,
Et dès ce moment je l'estime,
Malgré mon esprit national,
Oui, si désormais je le fronde,
Qu'on n' me donne plus que du pain sec !
C'est le plus grand peuple du monde...
Pour le rosbif et le bifteak.

Par exemple, ils voulaient me mettre des pommes-
de terre autour... merci ! ils ne savent pas qu'il y a
seize ans que je m'empâte de cet ignoble tubercule.
Tous les autres naufragés sont partis ; les uns en ba-
teaux à vapeur ou par les chemins de fer, les autres
dans la voiture publique qu'ils appellent *Stage-coach*,
au lieu de dire tout bonnement la diligence *Laffite
et Caillard*, comme à Paris. Ma cousine et moi, nous
sommes restés. Pourquoi ça ? est-ce qu'il y aurait du
mystère ? est-ce qu'on voudrait nous empêcher de
commencer nos recherches ? Ce Jobson, qui nous a
suivis au château, ne me paraît pas un homme naturel ! il me semble que j'ai déjà vu cette tête-là quelque part, et je ne serais pas du tout étonné que ce

fût le propriétaire du bouton accusateur. Mais voyez
un peu ma cousine qui va se promener dans un pareil moment... la v'là qui revient, c'est bien heureux,
bras-dessus bras-dessous avec ce beau jeune homme
qui l'a sauvée. Elle rit, Dieu me pardonne! est-ce
que déjà elle ne penserait plus à son petit? ah! je
le vois bien, il n'y a que moi qui aie véritablement
le cœur d'une mère.

SCENE II.
MARIE, ARTHUR, JÉROME.

ARTHUR, *à Marie en entrant.*

Eh bien! madame, comment trouvez-vous le parc
de Melvil?

MARIE.

Ce que j'en ai vu me donne la plus haute idée de
ce domaine. Mylord est donc bien riche?

ARTHUR.

Il possède tout un comté, et avant la réforme, ses
fermiers et tenanciers envoyaient régulièrement,
chaque année, trois muets à la chambre des commu-
nes.

MARIE.

Je ne l'ai pas vu ce matin.

ARTHUR.

Oh! il sera bientôt de retour. Il passe en ce moment l'inspection de la flotte qui va mettre à la voile.

JÉROME.

Ma cousine... (*A lui-même.*) Elle ne me voit pas.
(*Haut.*) Ma cousine, comment vous portez-vous?

MARIE.

Ah! c'est toi, mon pauvre Jérôme!

JÉROME.

Avez-vous découvert quelque chose depuis ce matin?

MARIE.

Non, rien depuis ce matin.

JÉROME, *mystérieusement.*

Eh bien! moi, je suis sur la trace.

MARIE.

Toi?

JÉROME.

Oui, moi.

ARTHUR.

Quel est donc ce monsieur?

JÉROME.

Jérôme Duflot, débitant de tabac, rue des Singes, à la grosse pipe.

MARIE.

Et pour moi un ami, un ami bien dévoué, sir Arthur?

JÉROME.

Arthur! comment, ce monsieur s'appelle Arthur?

ARTHUR.

Eh bien! oui, qu'y a-t-il là d'étonnant?

JÉROME, *bas à Marie.*

Si c'était le petit, ce grand jeune homme-là!

MARIE, *souriant.*

Ce serait bien extraordinaire, n'est-ce pas?

JÉROME.

Oh! mais, non, ça ne peut pas être lui...je l'aurais reconnu à ses grosses joues roses... c' n'est pas l'embarras, seize ans sur la tête d'un enfant de dix-huit mois, ça le change joliment... c'est égal, essayons un peu mes petites manières, comme autrefois, quand il sautait sur mes genoux. (*Il regarde Arthur en face, et lui fait des mines comme une nourrice qui voudrait faire rire un enfant. Arthur rit.*) Il me rit au nez, ce n'est pas ça.

ARTHUR.

Qu'avez-vous donc à me faire ainsi la grimace ?

JÉROME.

Oh ! rien, rien, une idée, une fausse idée ; mais, n'importe, je ne me décourage pas, et, voyez-vous, ma cousine, je vous autorise à me prodiguer les épithètes les plus humiliantes, si avant une heure je ne vous ramène pas mon voleur. (*Il sort en courant.*)

SCENE III.

ARTHUR, MARIE.

ARTHUR.

Son voleur ! ah ! ça, il est fou, votre cousin ?

MARIE.

Oh ! non ; mais il existe entre nous un secret que peut-être un jour vous saurez aussi.

ARTHUR.

Tout ce que je sais à présent, c'est que jamais, au bras de nos plus belles, de nos plus brillantes ladies, je n'ai trouvé ce charme indicible de notre promenade du matin.

MARIE, *souriant.*

Savez-vous, sir Arthur, que voilà un compliment bien flatteur pour mon amour-propre, (*Avec tendresse.*) car enfin, je serais votre mère.

ARTHUR.

Ou ma sœur.

MARIE.

Oh ! votre sœur aînée.

ARTHUR.

Eh bien ! de ces deux titres, prenez celui qui exige le plus d'attachement, d'amitié sincère.

MARIE.

Mon choix était fait d'avance.

ARTHUR.

Et surtout, promettez-moi de rester longtemps, bien longtemps au château.

MARIE.

Le plus longtemps que je pourrai.

ARTHUR.

A la bonne heure, au moins...oh! soyez tranquille, mylord n'y mettra pas obstacle ; il est grand , généreux, malgré ses préjugés aristocratiques. Ainsi, c'est convenu, nous ne nous quitterons plus.

UN DOMESTIQUE , *entrant.*

Mylord fait demander à madame si elle peut le recevoir.

MARIE , *à part.*

Déjà! j'étais si heureuse ! (*Haut.*) Dites à sa seigneurie que la pauvre étrangère est à ses ordres.(*Le domestique sort.*)

ARTHUR.

Ah ! mon Dieu ! qu'avez-vous donc? comme vous êtes émue!

MARIE.

Un moment de trouble involontaire... je suis si peu habituée au monde! mais me voilà remise, tout à fait remise. (*Les deux battants s'ouvrent, à part.*) C'est lui, je tremble.

SCENE IV.

LES MÊMES, LORD MELVIL , *en grand costume.*

LORD MELVIL, *au fond, à part.*

Ensemble! aurait-elle parlé? (*Il salue , Marie lui rend son salut.*)

ARTHUR.

Croiriez-vous, mylord, que madame est tout à coup devenue tremblante à votre aspect? C'est qu'elle

ignore que le château de Melvil est le séjour de l'hospitalité la plus touchante. Aussi, moi je lui en ai fait
les honneurs; je lui ai promis que vous l'aimeriez
comme je l'aime déjà, qu'elle ne nous quitterait plus.
Oui, mylord. ma parole est engagée, et vous ne pou-
vez vous dispenser de la tenir, maintenant que je
suis officier de marine.

LORD MELVIL.

Fort bien, Arthur, toujours le même, mais vous
oubliez une affaire de la plus haute importance.

ARTHUR.

Quoi donc?

LORD MELVIL.

Votre bel uniforme, que vous n'avez pa encore
essayé.

ARTHUR.

Ah! c'est vrai, étourdi que je suis, ma première
épaulette, et une épaulette que je vous dois... Ah!
c'est que je me sens si heureux; tenez, entre vous
deux, il me semble qu'aujourd'hui je ne suis plus orphelin. A bientôt, à bientôt. (*Il sort par le fond.*)

SCENE V.

LORD MELVIL, MARIE.

MARIE, *émue.*

Vous voyez que j'ai gardé mon secret, mylord?

LORD MELVIL.

Je vous en remercie. Ainsi, il ignore toujours
que c'est à vous qu'il doit la vie?

MARIE.

Toujours... Mais ce mystère va cesser; c'est ma
dernière épreuve, n'est-ce pas?

LORD MELVIL, *avec calme.*

Après cet entretien, Marie, vous serez dégagée de
votre serment.

MARIE.

Quoi ! je pourrai...

LORD MELVIL.

Agir ainsi qu'il vous plaira ; vous consulterez sur ce point, et votre tendresse, et l'intérêt de votre fils.

MARIE, *étonnée.*

L'intérêt de mon fils !

LORD MELVIL.

Écoutez-moi donc avec attention : je vous avais promis de vous instruire, ce matin, de la résolution que je prendrais ; je vais le faire, et quelle qu'elle soit, je dois vous le dire, elle est irrévocable.

MARIE, *troublée.*

Parlez, mylord.

LORD MELVIL.

Auparavant, permettez que j'essaie de rendre moins odieuse à vos yeux ma conduite passée. (*Mouvement de Marie.*) Oh ! ne me condamnez pas sans m'entendre, je prends le ciel à témoin que, dans ce que je vais vous dire, pas un mot ne sera un mensonge (*Lui prenant affectueusement la main.*) Vous avez cru, n'est-ce pas, et vous croyez encore que sir Lionel, en vous aimant, n'avait jamais pensé qu'à séduire la jeune fille, pour l'abandonner ensuite malheureuse et flétrie ?

MARIE.

Je l'ai cru, mylord, et je le crois encore.

LORD MELVIL.

Je vous le jure pourtant, cette lâche pensée n'a jamais déshonoré mon premier amour ; alors, Marie, mon bonheur eût été de légitimer notre union ; sur l'honneur, je voulais vous donner mon nom.

MARIE.

Vous !

LORD MELVIL.

Rappelez-vous le voyage que je fis en Angleterre
à l'époque de la naissance d'Arthur; ce voyage de-
vait décider de notre sort. Je venais me jeter aux
pieds de lord Melvil, mon oncle et mon tuteur, et
implorer son consentement; mais un événement in-
attendu vint tout changer : mon oncle et son fils uni-
que avaient été enlevés presque subitement, et je
devins l'héritier des titres et des biens immenses des
ducs de Melvil.

MARIE.

Je vous comprends : le monde alors, la cour vous
réclama, l'ambition s'empara de votre cœur et imposa silence aux plus doux sentiments de la nature.

LORD MELVIL.

Seul représentant d'une des premières familles du
royaume, élevé par mon souverain à un grade émi-
nent, sa volonté m'imposa d'autres destinées, et je
ne fus plus libre de choisir une vie obscure et heureuse.

MARIE.

Et maintenant, lord Melvil ?

LORD MELVIL.

Ce titre que vous me rappelez doit vous dire que
l'amour du jeune baronnet a dû céder à la raison
cruelle peut-être, mais impérieuse du pair d'Angleterre, et que la voix du cœur a dû se taire devant les
préjugés du monde et l'inégalité des rangs.

MARIE.

Oh ! n'achevez pas, gardez ce nom que vous crai-
gnez de flétrir, je ne vous demande que mon fils.

LORD MELVIL, *après une pause.*

Je venais vous le demander aussi.

MARIE.

Me demander mon fils ! *(Avec effroi.)* Ah ! j'ai peur
de vous comprendre.

LORD MELVIL, *avec effort.*

Je ne sais, Marie, de quelles paroles me servir
pour vous annoncer ce que j'ai résolu...Ma destinée
est-elle donc de vous faire souffrir toujours ?

MARIE.

Mais qu'est-ce donc, mon Dieu ?

LORD MELVIL.

Une douleur plus cruelle que celles que vous avez
éprouvées, des larmes plus amères que celles que
vous avez répandues ; un sacrifice auquel une mère
n'a peut-être jamais consenti.

MARIE.

Un sacrifice !

LORD MELVIL, *dépliant lentement un papier.*

Voici un acte signé de moi, madame ; par cet acte,
j'adopte Arthur, je lui assure mon nom, mes titres,
ma fortune : *(Il la regarde.)* un mot de vous, et tout
cela est à lui.

MARIE.

Un mot de moi ?

LORD MELVIL.

Ce secret que vous avez gardé jusqu'ici, jurez que
vous le garderez toute la vie.

MARIE.

Ah ! vous voulez m'éprouver, monsieur, ou j'ai
mal compris... garder ce secret pour tout le monde ;
oui, oui, oh ! je le renfermerai au fond de mon cœur,
mais pas pour mon fils, n'est-ce pas, monsieur, pas
pour mon fils ?

LORD MELVIL.

Pour lui surtout.

MARIE.

Quoi! renoncer à mes droits sur lui?

LORD MELVIL.

Sans retour.

MARIE.

Ne pas pouvoir lui dire un jour : je suis ta mère !

LORD MELVIL.

Faire plus encore, vous séparer de lui... partir !

MARIE, *avec force.*

Jamais, monsieur, jamais !

LORD MELVIL.

Alors, c'est moi qui partirai, madame.

MARIE.

Vous !

LORD MELVIL.

Oui, car je ne veux pas qu'en vous pressant sur son cœur, vous pauvre femme que j'ai perdue et délaissée, mon enfant vous dise : Où est mon père ? Lui qui m'entoure de sa tendresse, de son respect, je ne veux pas qu'il me maudisse.

MARIE.

Vous maudire!

LORD MELVIL.

Oui, car au cri de son cœur qui me demanderait pour vous une réparation, je ne répondrais que par le silence, car je resterais inébranlable devant ses larmes. Vous voyez bien qu'il me maudirait.

MARIE.

Oh! et moi aussi, peut-être.

LORD MELVIL.

Je fuirai loin, je mettrai un monde entre vous et moi, s'il le faut ; j'irai partout où vous ne serez pas. (*Il se laisse tomber sur une chaise et appuie sa tête sur sa main.*)

MARIE.

Mais que deviendra-t-il, si vous l'abandonnez ? Je suis pauvre, moi ; que lui offrirai-je en échange du sort brillant que vous lui destinez ? la misère ! la misère à lui, à mon enfant ! Ah ! cette pensée-là m'épouvante ! son avenir perdu, seul au monde, sans appui qu'une pauvre femme qui n'a rien, rien ! oh ! mylord, ce n'est pas vrai, n'est-ce pas, ce que vous venez de me dire ? vous ne placerez pas une malheureuse mère entre sa tendresse et la ruine de son enfant ?... Vous ne répondez pas, vous détournez les yeux... ah ! vous êtes impitoyable ! (*Avec effort et larmes.*) Eh bien ! vous serez satisfait, je ne soulèverai pas le voile qui couvre son berceau, je me tairai, j'en aurai le courage ; mais que je reste près de lui, du moins, je me cacherai pour pleurer, et pour prononcer son nom ; je serai votre servante, la sienne, celle de toute la maison, je ne l'embrasserai jamais ; mais par pitié que je le voie, que je le voie, ne me séparez pas de lui !

LORD MELVIL, *qui la regarde avec attendrissement se levant lentement.*

Cette épreuve serait au-dessus de vos forces.

MARIE.

Non, non, je vous le jure.

LORD MELVIL.

Et s'il était là, devant vous, comme je le vois quelquefois, répétant avec des larmes ce mot cruel : orphelin ! vous répondriez à ce mot par un cri parti du cœur : Tu es mon fils !

MARIE.

C'est vrai, mon Dieu ! (*Bruit en dehors.*) Quel est ce bruit?

LORD MELVIL.

C'est Arthur qui revient, sans doute.

MARIE.

Oh! laissez-moi fuir, monsieur, laissez-moi fuir.

LORD MELVIL, *l'arrêtant.*

Marie, un seul mot.

MARIE, *avec désespoir.*

Mais laissez-moi donc fuir, mon Dieu! (*Elle s'arrache des bras de lord Melvil et se précipite dans son appartement.*)

SCENE VI.

LORD MELVIL, *seul, la regardant s'éloigner.*

Je l'ai lu dans ses yeux, son sacrifice sera complet... Ah! je la récompenserai de tant de vertus et de dévouement, et mes dons, cette fois, elle ne pourra les refuser, car c'est la main d'Arthur qui les lui offrira. Pauvre Marie! après seize ans, je croyais la revoir comme tant d'autres femmes, avec calme, avec froideur, et malgré moi, les souvenirs de ma jeunesse sont revenus en foule.

AIR *d'Yelva.*

Facilement l'on aime et l'on oublie,
Quand de nos cœurs l'illusion a fui;
Mais, je le sens, tout homme a dans sa vie,
Un souvenir qui ne meurt qu'avec lui;
Malgré le temps qui vient glacer notre âme,
Après vingt ans, même à son dernier jour,
Sans être ému, l'on ne peut voir la femme
Que l'on aima de son premier amour.

(*Il reste pensif.*)

SCENE VII.

LORD MELVIL, JÉROME.

JÉROME, *entrant.*

Impossible de mettre la main sur cet homme de mer! Ah! voilà mylord.

LORD, MELVIL, *sans le voir, à part.*

Mais, si je m'étais trompé, si Marie hésitait, une nouvelle entrevue avec Arthur pourrait tout perdre; et cependant, éloigner cet enfant, ou la forcer de quitter le château, ce serait trop cruel... (*Bruit en dehors.*) Mais, que se passe-t-il donc ici? (*A Jérome qu'il aperçoit.*) le savez-vous, mon brave homme?

JÉROME.

Non, mylord; je cherche le sieur Jobson, et si vous pouviez me dire...

LORD MELVIL, *regardant en dehors.*

Des matelots! Arthur parmi eux! Que veut dire cela?

JÉROME, *à part.*

Des matelots! si mon triton pouvait y être!

SCENE VIII.

LES MÊMES, ARTHUR, MATELOTS.

ARTHUR, *accourant.*

Ah! mylord, félicitez-moi, un ordre de l'amirauté... (*Il agite un papier avec joie.*)

LORD MELVIL.

Un ordre de l'amirauté, pour vous?

ARTHUR.

Pour moi!... Il faut que ce soir même je sois à bord du Royal-Georges, un beau vaisseau de quatre-vingts... tenez, voyez plutôt!...(*Il lui donne la dépêche.*)

LORD MELVIL, *à part.*

Il va s'éloigner... tout est sauvé.

JÉROME, *qui a passé en revue tous les matelots.*

Mon triton n'y est pas... (*Regardant leurs vestes.*) Et tous les mêmes boutons... ça brouille mes idées..

LORD MELVIL.

En effet, l'ordre est précis... vous êtes chargé de conduire à Porstmouth plusieurs matelots du Royal-Georges, qui étaient en permission dans les villages de la côte.

ARTHUR, *les montrant.*

Les voilà tous prêts, tous joyeux comme leur officier, n'est-ce pas, mes camarades. (*Il leur donne des poignées de main : Jérome lui serre aussi la main.*) Est-ce que vous avez aussi envie de vous embarquer, mon bonhomme ?

JÉROME.

Merci, je préfère de beaucoup le plancher des quadrupèdes. Vous n'auriez pas vu le sieur Jobson, par hasard ?

ARTHUR, *sans lui répondre.*

Allons, mes amis, vent en poupe, et démarrons ; je vais endosser mon uniforme, et nous nous mettons en route. (*Comme frappé d'une idée subite.*) Mais j'y pense... ingrat que je suis... cette dame française, qui m'aime tant... j'allais partir sans l'embrasser.

LORD MELVIL.

Elle est rentrée dans son appartement ; elle s'est sentie indisposée tout à coup.

ARTHUR.

Pauvre femme !

JÉROME.

Comment, ma cousine est indisposée !...

ARTHUR.

Et vous êtes sûr qu'elle ne peut me recevoir ?

LORD MELVIL.

Je me chargerai de vos adieux pour elle.

JÉROME.

Et moi aussi.

LORD MELVIL.

Enfants , suivez votre officier.

CHOEUR DES MARINS.

AIR *de Doche.*

Allons , à notre tête ,
Pour des dangers nouveaux
Déjà la voile est prête ,
Bon vent aux matelots.

ARTHUR, *pensif.*

Quand le devoir m'appelle ,
Ah ! j'y serai fidèle ;
Mais lui dire : Au revoir ,
N'est-ce pas un devoir?

LORD MELVIL.

(*Parlé.*) Eh bien, Arthur ?

ARTHUR.

Je suis à vous , amiral.

REPRISE DU CHOEUR.

Allons , à notre tête , etc.

(*Lord Melvil, Arthur et les matelots sortent.*)

SCENE IX.

JÉROME, *puis* JOBSON.

JÉROME, *seul.*

(*Il reste pensif et ne voit pas entrer Jobson.*)

Pourvu que le sieur Jobson ne parte pas avec eux.
Je renonce volontiers à la preuve du bouton , puisqu'ils sont une quarantaine de mille qui s'entendent
pour en avoir de pareils... mais cette tabatière. (*Il la
tire et prend une prise.*) Cet immense réceptacle qui
a été laissé sur mon comptoir comme pièce de con-
viction... ça ne peut être qu'à lui... j'ai fait parler sa
jeune épouse, je l'ai fait jaser comme la pie voleu-
se ; et je sais maintenant que ledit sieur Jobson a été

à Paris dans les temps... chose qu'il a eu la petitesse
de me cacher ; tout ceci est fort louche, mais c'est
égal , je veux retrouver le petit... qu'est-ce qu'il en
a fait, le gueux ?... un pâtissier, un épicier... ça ne
me fait rien, qu'il me le rende, je le purifierai en le
mettant avec moi dans le tabac... et peut-être qu'a-
lors sa mère me dira : Cousin Jérôme , j'ai renoncé
à tout espoir de bonheur... je te donne ma main.
(*Devenant rêveur et s'asseyant.*) Paris, ma petite
boutique !... vous les reverriez donc là tous deux, à
côté de moi, et pour toujours, m'aidant à débiter les
produits défectueux des contributions indirectes.

JOBSON , entrant, à lui-même.

Le jeune homme va partir, et il ne sera plus questions de rien ; ma foi, tant mieux, c'est moins em-
barrassant... je ne suis fâché que d'une chose, à présent, c'est d'avoir parlé de tout cela à ma femme.
(*Apercevant Jérôme.*) Ah ! voilà le bonhomme de
cousin. (*Lui frappant sur l'épaule.*) Dites donc, eh !
père Duflot ?

JÉROME , comme s'éveillant.

Hein ? qu'est-ce qu'il y a ?... des cigares de la Ha-
vanne ? (*A lui-même.*) Que je suis bête, je me croyais
déjà là-bas.

JOBSON , à part.

Il a un coup de marteau , c'est sûr.

JÉROME.

Vous arrivez fort à propos , maître Jobson.

JOBSON.

Pourquoi ça ?

JÉROME.

Nous avons à jaser, j'ai quelque chose à vous demander.

4

JOBSON.

Ah ! sur mylord, sans doute, sur ce château, sur
ce pays?

JÉROME.

Non, sur Paris.

JOBSON.

Sur Paris? je n'y suis jamais allé.

JÉROME.

Vous mentez comme un dentiste.

JOBSON.

Dites donc, eh ! Parisien?

JÉROME.

Votre jeune épouse m'en a fait l'aveu.

JOBSON, *à part.*

Oh ! la bavarde ! Mais où veut-il donc en venir ?
(*Haut.*) Je vous dis que je n'ai jamais été à Paris ;
vous aurez rêvé ça dans votre comptoir de la rue des
Singes.

JÉROME.

Rue des Singes ! qui est-ce qui vous a dit que je
demeurais rue des Singes?

JOBSON, *avec embarras.*

Qui?... mais vous, apparemment.

JÉROME.

J'en suis incapable.

JOBSON.

Au surplus, qu'est-ce que cela fait ?

JÉROME.

Oh ! absolument rien... mais alors, pourquoi donc
en êtes-vous devenu couleur de homard cuit ?

JOBSON.

Je ne suis pas très à mon aise.

JÉROME, *tirant sa large tabatière avec affection.*

Acceptez une prise de tabac, ça vous remettra.

(*Tout en prenant une prise, Jobson regarde la boîte avec étonnement. A part.*) Cette racine de buis produit sur lui l'effet de la tête de Méduse ; plus de doute, c'est mon criminel. (*Il éternue.*) Dieu vous bénisse. C'est du tabac de la rue des Singes, et comme vous connaissez le magasin, vous reconnaîtrez peut-être aussi la tabatière.

JOBSON.

Moi, pas du tout.

JÉROME.

C'est étonnant, elle a pourtant été oubliée sur ce même comptoir de la rue des Singes, juste dans le temps où vous étiez à Paris, juste le jour où le petit Arthur a été enlevé.

JOBSON.

On m'appelle, je crois : c'est la voix de commandant.

JÉROME.

C'est celle de ta conscience, coupable insulaire.

JOBSON.

Allons donc, vous êtes fou.

JÉROME.

Voleur de petits enfants !

JOBSON.

Bonsoir... (*A part.*) Quel enragé !

JÉROME.

Tu ne t'en iras pas d'ici avant de m'avoir déclaré où est le petit.

JOBSON, *relevant ses manches.*

Laisse-moi sortir, ou ça finira mal.

JÉROME.

Oh ! je ne te crains pas. (*Montrant sa tabatière ouverte.*) Je suis armé !

JOBSON.

Place, ou je boxe.

JÉROME.

Avance si tu l'oses.

SCÈNE X.

LES MÊMES, MARIE.

MARIE.

Eh bien! qu'y a-t-il donc, Jérôme?

JÉROME.

Il y a, ma cousine, que notre voleur est retrouvé...
le voilà... permettez-moi de l'aveugler.

MARIE, *après l'avoir regardé avec douleur.*

Sortez, je vous pardonne. (*Jobson s'incline et sort.*)

SCÈNE XI.

JÉROME, MARIE.

JÉROME.

Quoi... vous lui permettez de sortir avant de le
forcer à dire ce qu'il a fait du petit, le gueusard!

MARIE.

C'est inutile, je le sais.

JÉROME.

Vous le savez; vous savez où il est! (*Il fait un
mouvement pour sortir.*)

MARIE, *l'arrêtant.*

Tu sauras tout, aussi... mais en France seulement.

JÉROME.

En France!

MARIE.

Oui, nous y retournons.

JÉROME.

Avec lui?

MARIE.

Sans lui.

JÉROME, *étonné.*

Sans le petit! et c'est sa mère qui me dit ça... c'est
sa maman!

MARIE.

Il ignore que je suis sa mère, il faut qu'il l'ignore toujours.

JÉROME.

Alors, faites-moi l'amitié de me dire pourquoi j'ai mangé des pommes-de-terre pendant seize ans; pourquoi je suis venu dans les Iles Britanniques; pourquoi vous m'avez fait sauter cet infâme pas de Calais où j'ai manqué d'être dévoré par les sardines ?

MARIE.

Cousin, si tu m'aimes, ne me fais plus de questions, je t'en supplie.

JÉROME.

Mais cependant il est plus qu'inoui...

MARIE.

Aimes-tu mieux de me voir mourir de douleur, après avoir fait le malheur d'Arthur ?

JÉROME, *sérieusement.*

Ah ! si c'est ce motif-là, c'est bien différent... Je ne comprends pas; mais, c'est égal, je vas tout préparer pour notre départ...de confiance, de confiance.

MARIE.

Merci, mon bon Jérôme.

JÉROME.

De confiance, de confiance. (*Il sort.*)

SCENE XII.

MARIE, *seule.*

Oui, je partirai ; avec moi j'emporterai le secret de la naissance d'Arthur : il ne sera pas abandonné, malheureux; je ne lui léguerai pas, avec l'obscurité et la misère, mon nom déshonoré... je veux qu'il soit riche, puissant, qu'il ait un rang dans ce monde qui tue sa pauvre mère ! (*Avec effort.*) Mylord vient

de me faire dire qu'un ordre de l'amirauté avait forcé
Arthur de quitter le château, qu'il venait de partir...
eh bien! c'est peut-être un bonheur... son éloigne-
ment me rendra plus facile mon cruel sacrifice.(*Avec
larmes.*) Et pourtant, partir sans me voir, sans me
dire un dernier adieu... ah! c'est affreux! (*Elle tombe
accablée sur un fauteuil; en ce moment, une petite
porte s'ouvre à gauche; Arthur l'ouvre avec précau-
tion, et avant d'entrer regarde de tous côtés.*)

SCÈNE XIII.

MARIE, ARTHUR, *en uniforme.*

ARTHUR, *de la porte.*

Elle est seule.

MARIE, *se levant.*

N'importe... je vous l'ai promis, mon Dieu, je tien-
drai mon serment.

ARTHUR, *à part.*

Comme elle est triste! elle a pleuré...allons, voilà
que je n'ose plus approcher maintenant.

MARIE, *avec fermeté.*

C'est fini. (*Elle porte ses mains à ses yeux comme
pour y refouler les larmes; puis elle aperçoit Arthur
et jette un cri.*) Ah!

ARTHUR.

Pardon! je vous ai fait peur?...

MARIE.

Oh! non, non, je vous assure : mais je croyais...

ARTHUR.

Vous me croyiez parti, peut-être ? (*Avec tendresse.*)
Vous deviez bien penser pourtant que je ne vous aurais pas quittée ainsi?

MARIE.

Oh! oui, j'aurais dû le penser.

ARTHUR.

Mylord et Jobson ne savent pas que je suis ici, allez ! Étaient-ils pressés de me voir monter en voiture ! Quand je leur demandais à vous embrasser, ils me répondaient que vous ne pouviez recevoir personne ; j'étais bien sûr, moi, que vous me recevriez ! aussi, je suis venu bien doucement, bien doucement par cette petite porte, pour vous voir une dernière fois et pour vous montrer mon bel uniforme.

MARIE, *à part.*

O mon courage, ne m'abandonne pas !

ARTHUR.

Et puis, j'avais une grâce à solliciter de vous.

MARIE.

Oh ! parlez, parlez vite.

ARTHUR.

C'est que je ne sais trop comment vous expliquer cela. (*A part.*) Elle est pauvre, mais elle est fière... voyons si mon moyen réussira.

MARIE.

Avez-vous donc peur d'être refusé? Parlez, je vous écoute.

ARTHUR.

Je vais partir pour bien longtemps peut-être, c'est mon devoir, c'est mon désir ; je brûle de donner le baptême de la mer à ma jeune épaulette ; et cependant cela me fait mal de me séparer de vous que je connais à peine, mais à qui je penserai toujours... alors, je me suis dit : « L'absence est moins cruelle « quand un souvenir, un gage de celui qui part le re- « trace à la mémoire de celui qui reste, eh bien ! si « elle y consent, je lui en laisserai un qu'elle gardera « pour l'amour de moi, et qui la fera penser quelque- « quefois à l'orphelin Arthur. »

MARIE.

Oh! donnez, donnez! ce gage de tendresse me sera bien cher, je le garderai toujours sur mon cœur.

ARTHUR.

Oh! que vous êtes bonne! tenez. (*Il tire de son sein une petite boîte en maroquin.*)

MARIE, *l'ouvrant.*

Que vois-je! oh! comme il est ressemblant! (*Elle le baise sans être vu d'Arthur.*)

ARTHUR.

N'est-ce pas que c'est bien là mon air mauvais sujet?

MARIE.

Mais, sir Arthur, ce portrait est enrichi de diamants.

ARTHUR.

Non, non, quelques pierreries de peu de valeur... Lord Melvil prétend que je dois épouser miss Arabelle de Richemont, et c'était pour elle.

MARIE, *à part.*

Un nom illustre... un mariage si éclatant... oh! mon secret, tu mourras dans mon sein.

ARTHUR.

Vous êtes rassurée, j'espère?

MARIE.

Je garde le portrait; mais je rendrai l'entourage.

ARTHUR.

Vous le garderez tel qu'il est, car je ne le donne pas, je le vends.

MARIE.

Comment?

ARTHUR.

En retour, ne me donnerez-vous pas quelque chose qui me parle de vous, pendant mon absence?

MARIE.

Je n'ai rien, moi, rien...

ARTHUR.

Et ce médaillon que vous portez à votre cou?

MARIE.

Ah! ce médaillon? oui, vous avez raison, mais non,
je ne puis m'en séparer : il contient une boucle de
cheveux qu'une mère coupa au front de son enfant
dormant au berceau.

ARTHUR.

Heureux enfant qui a pu dire : Ma mère!... bonheur dont je fus privé, et que pourtant je devine.

Air *nouveau de Doche.*

Une mère !
Don céleste et précieux,
Sur la terre
Est l'ange venu des cieux;
Quand nos yeux à la lumière,
Enfants viennent de s'ouvrir,
Qui déjà pour nous espère,
Qui pour nous voudrait souffrir?
Une mère ! (*bis.*)

MARIE.

(*Parlé.*)Ah! vous dites vrai, Arthur.

Une mère
Nous aime bon ou méchant,
Sa prière
Est le nom de son enfant;
L'amour peut être éphémère,
L'amitié peut nous trahir;
Mais à notre heure dernière
Qui pour nous voudrait mourir?...
Une mère! (*bis.)*

Et l'on ne vous a jamais parlé de la vôtre, sir Arthur?

ARTHUR.

La mienne? (*Avec douleur.*) Je suis forcé de la
maudire.

MARIE.

Que dites-vous!

ARTHUR.

Oh! vous ne savez pas! elle m'a abandonné.

MARIE.

Abandonné!

ARTHUR.

Oui, madame; j'avais un an à peine, on me trouva, par une nuit d'hiver, mourant de froid et de faim sur les marches d'une église, et sans les secours d'un homme généreux...

MARIE.

Oh! c'est affreux! c'est un mensonge infâme! jamais votre mère ne vous a abandonné.

ARTHUR, *étonné*.

Pour parler ainsi, vous êtes donc sûre du contraire, madame?

MARIE.

Pour vous la faire mépriser, haïr, ils l'ont calomniée, mais je la défendrai, moi. Écoutez le récit de ses malheurs, écoutez, sir Arthur.

ARTHUR.

Oh! oui, madame, j'écoute.

MARIE.

Il y a dix-sept ans environ, il existait une jeune fille née dans une condition modeste mais honorable. Laissée sans ressource, presque sans appui, par la mort de son père, pauvre officier tué au service, elle se vit forcée de demander au travail le pain de la semaine. Un jeune homme d'une condition élevée s'éprit pour elle d'une passion violente; elle était sans défiance, elle aima aussi et l'amour l'égara.

ARTHUR.

Je vous devine. Une promesse de mariage, un enlèvement peut-être?

MARIE.

Làchement trompée, elle fut abandonnée à son désespoir.

ARTHUR.

Ah !

MARIE.

Elle voulait mourir; mais un devoir nouveau lui était imposé; elle était mère. Vous veniez de naître, Arthur.

ARTHUR.

Continuez, continuez.

MARIE.

Pendant une année entière, elle nourrit son fils; mais la fatigue, la faim... (*Mouvement d'Arthur.*) Oui, sir Arthur, la misère et la faim... son enfant fut abandonné aux soins d'une étrangère.

ARTHUR.

Et pas un mot, pas un souvenir de celui qui l'avait séduite ?

MARIE.

Oh si ! mais savez-vous ce qu'on venait lui offrir?

ARTHUR.

De l'or peut-être ?

MARIE.

Oui, de l'or, mais à une condition.

Air *de Doche.*

On lui disait : Arrache-toi sans cesse
Aux doux baisers que l'on reçoit d'un fils,
   Étouffe pour lui ta tendresse,
   Car son bonheur est à ce prix;
   En échange de ta misère
Prends tout cet or...

ARTHUR, *vivement.*
      Mais elle refusa ?...

MARIE.

Pauvre enfant, est-ce qu'une mère
Fait jamais de ces marchés-là ?

ARTHUR.

Et voilà celle qu'ils ont voulu calomnier, avilir...

MARIE.

Écoutez, écoutez : on ne se rebuta pas, et ne pou-
vant réussir au nom de l'intérêt, on employa la vio-
lence... l'enfant fut enlevé, volé !

ARTHUR.

Volé !

MARIE.

Oui, son enfant, sa seule consolation sur la terre,
pendant près de quinze ans, elle ne l'a pas revu.

ARTHUR.

Ma mère, ma pauvre mère ! malgré tant de malheurs, elle existe, n'est-ce pas ?

MARIE.

Oui, elle vit pour souffrir, mais elle ne souffrira
pas longtemps.

ARTHUR.

Ah ! conduisez-moi vers elle, que je me jette à genoux près de son lit de douleur, et que sa vie prête
à s'éteindre, je la ranime sous les baisers de son enfant. Mais vous ne répondez pas, vos yeux se remplissent de larmes... Qui êtes-vous donc, vous qui
pleurez en me parlant de ma mère ?

MARIE, à part.

O mon serment, mon serment !

ARTHUR.

Vous gardez encore le silence, vos yeux cherchent
à éviter les miens... vous êtes ma mère !

MARIE, vivement.

Moi ! non, non, je vous le jure, ce titre sacré ne

m'appartient pas; si j'étais la mère, pauvre enfant,
est-ce que mes lèvres ne se seraient pas déjà ouver-
tes pour te le dire? est-ce que déjà je ne t'aurais pas
pressé contre mon cœur?

ARTHUR, *tristement.*

Ah! oui, oui, je m'étais trompé.

MARIE, *avec effort.*

Je suis son amie, presque sa sœur, et c'est pour
elle que je viens en Angleterre.

ARTHUR.

Quel intérêt si puissant vous y appelle?

MARIE.

Celui qui fut l'auteur de tous ses maux et qui vous
aime, qui pense à votre avenir, Arthur, exigeait
d'elle une renonciation formelle à tous ses droits.

ARTHUR.

Et vous êtes venue pour refuser ce honteux mar-
ché? c'est bien!

MARIE.

Cette fois, il ne s'agit plus du bonheur de la mère,
il s'agit du sort de son fils; elle eût accepté, j'ai répondu de son silence.

ARTHUR.

De son silence! et à qui?

MARIE.

Ah! calmez-vous Arthur, vous m'effrayez.

ARTHUR.

Qui a le droit d'engager ici ma mère par un tel serment? celui qui l'a déjà si cruellement trompé, n'est-
ce pas? Vous ne voulez pas me dire son nom? je
vais vous le dire, moi. (*Il sonne.*)

MARIE.

Arthur.

ARTHUR, *à un domestique qui entre.*

Prévenez lord Melvil que sir Arthur lui demande un moment d'entretien. (*Le domestique sort.*)

MARIE.

Mon Dieu! quel est donc votre projet?

ARTHUR.

Laissez-moi seul, madame; quelques instants encore et le sort de ma mère sera décidé.

MARIE, *à part.*

Cher enfant, je n'accepterai pas un dévouement dont ta ruine serait le prix.

ARTHUR, *lui donnant la main.*

On vient, permettez-moi de vous reconduire à votre appartement. (*Elle sort.*)

SCENE XIV.

ARTHUR, *puis* LORD MELVIL.

ARTHUR, *seul.*

Lord Melvil, je sais quels sont les liens qui m'attachent à vous, je sais que vous avez des droits à ma reconnaissance... mais ma pauvre mère, par vous si malheureuse, je sais aussi ce qu'elle doit attendre de son enfant.

LORD MELVIL. *au fond.*

Que me veut-il? (*Il s'aproche; Arthur et lui se regardent quelque temps en silence.*) Vous avez désiré me parler?

ARTHUR.

Oui, mylord.

LORD MELVIL, *à part.*

Comme il est ému. (*Haut.*) Ce n'est pas ici que j'espérais vous retrouver, Arthur.

ARTHUR.

Je le sais.

LORD MELVIL.

Vos compagnons de voyage vous attendent.

ARTHUR.

Je ne pars plus.

LORD MELVIL, *étonné.*

Vous ne partez plus !

ARTHUR.

Non , mylord.

LORD MELVIL.

Mais , songez-vous, monsieur, que vous ne vous appartenez pas ?

ARTHUR.

J'y songe , mylord.

LORD MELVIL.

Songez-vous aux obligations que vous impose l'é-paulette que vous portez ?

ARTHUR.

Des obligations plus sacrées m'ordonnent de rester ici.

LORD MELVIL.

Que dites-vous ?

ARTHUR , *éclatant par degrés.*

Je dis que je souffre bien , allez , et que mon cœur est brisé, car mille sentiments divers le remplissent; le respect, la crainte, le cri de la nature... Oh ! mais c'est trop , c'est trop ! il vaut mieux rompre le silence. (*Se jetant aux pieds de lord Mervil.*) Mon père , je viens vous demander plus que la vie, l'honneur de ma mère.

LORD MERVIL , *à part.*

Il sait tout. (*Haut.*) Malheureux , qui vous a ap-pris...

ARTHUR.

Elle, elle ! cette femme que j'ai sauvée.

LORD MELVIL.

Vous l'avez vue ?

ARTHUR.

Oui ; oh ! mais, ce n'est pas elle, mon père, qu'il faut accuser, ce n'est pas elle qui m'a révélé ce fatal secret, c'est moi qui viens de le lui arracher.

LORD MELVIL.

Vous a-t-elle dit aussi quel prix j'avais mis à son silence ? quel serment j'avais fait ? quelle résolution j'avais prise ?

ARTHUR.

Oh ! oui, mais je ne l'ai pas crue.

LORD MELVIL.

Vous avez eu tort, sir Arthur, car j'ai déjà répondu à Marie, qui m'a compris, elle, que je n'oublierais jamais ce que je dois à mon rang et à ma naissance.

ARTHUR , *vivement.*

Il fallait aussi vous en souvenir, mylord, quand vous avez séduit ma mère.

LORD MELVIL.

Arthur, songez-vous à qui vous parlez?

ARTHUR.

A qui je parle... oh ! oui, je parle à lord Melvil, d'une des plus nobles familles d'Angleterre, à lord Mevil, le riche et puissant pair du royaume, à lord Melvil, qui, parce que sa naissance et sa fortune lui donnent tous les droits , se croit au-dessus de tous les devoirs.

LORD MELVIL , *à part.*

Entendre de telles paroles sortir de sa bouche !

ARTHUR.

Oh ! je sais que c'est un jeu pour un grand seigneur de léguer à celle qui l'a tant aimé la honte en partage.

LORD MELVIL.

Arthur !

ARTHUR.

De lui ravir son enfant, son dernier bien, et de lui dire quand elle implore comme une grâce une caresse de son enfant : « Laissez-le-moi ou je l'abandonne, lui aussi ; gardez-vous de lui sourire, pas un mot qui fasse soupçonner votre secret ; car, pour lui comme pour vous, le mépris ou l'outrage. »

LORD MELVIL.

Taisez-vous, Arthur, je vous l'ordonne.

ARTHUR.

Oh ! je parlerai, mylord ; Arthur relève sa tête que vous aviez voulu courber : vous le placez entre sa mère et vous, vous opulent et titré, elle pauvre et flétrie, son choix est fait, il travaillera pour elle ; vos bienfaits, il les oublie, vos secours, il les refuse ; il vous doit cette épaulette qu'il espérait illustrer, il l'arrache, mylord, et la foule devant vous sous ses pieds, pour ne plus rien vous devoir.

LORD MELVIL.

Ah ! c'en est trop... Sortez, monsieur, sortez à l'instant même. (*Il tombe dans un fauteuil.*)

ARTHUR, *au fond.*

C'en est donc fait ! je l'aimais bien, pourtant !

LORD MELVIL, *le regardant.*

Il pleure.

ARTHUR.

Il me chasse, moi et ma mère. (*Revenant.*) Oh ! mais non, vous ne le ferez pas, mylord, ayez pitié de ma mère.

LORD MELVIL.

Arthur !

ARTHUR.

Vous êtes bon, vous ne m'avez jamais vu pleurer sans me consoler ; mon père, j'ai eu tort, tout à heure je le sens, je vous ai affligé... Oh ! ne m'en veuillez pas, je vous en demande pardon. *(Lord Melvil semble ému; Arthur passe un bras autour de son cou.)* Nous vous chérirons tous les deux, nous redoublerons de soins, d'amour; cette noble carrière dans laquelle vous étiez si fier de me voir entrer, je la parcourrai sous vos yeux, guidé par vos conseils, enflammé par vos exemples... *(Lord Melvil a peine à chacher son émotion.)* Vous êtes attendri, vous me cachez vos larmes... Ma mère, ma mère, il va enfin vous ouvrir ses bras. *(Il le serre de nouveau contre son cœur ; lord Melvil paraît en proie à une lutte violente, enfin par un mouvement brusque il repousse Arthur.)*

LORD MELVIL, *d'une voix ferme.*

Jamais !

ARTHUR *après une pause.*

Plus de prières, et adieu, mylord. *(Il va pour sorsir ; en ce moment la porte du fond s'ouvre.)*

LORD MELVIL, *à part.*

Elle !

SCENE XVI.

LES MÊMES, MARIE.

ARTHUR, *à Marie.*

Venez, madame, nous allons quitter le château de Melvil à l'instant même, et aller retrouver ma mère.

LORD MELVIL, *à part.*

Retrouver sa mère ! que dit-il ?

ARTHUR.

Partons.

MARIE.

Vous voulez aller retrouver votre mère ! hélas! sir
Arthur, il est trop tard.

ARTHUR.

Trop tard !

MARIE.

Elle est morte !

ARTHR *et* LORD MELVIL, *avec un sentiment différent.*

Morte !

ARTHUR.

Morte ! oh ! non, cela n'est pas; vous voulez me
tromper pour me retenir ici.

MARIE.

Lisez cette lettre qui vous fut adressée par elle à son
heure dernière. (*Elle lui donne une lettre cachetée.*)
Cette autre m'annonçait la fatale nouvelle.

ARTHUR.

Ses adieux ! Ah! mes yeux s'obscurcissent, je ne
puis lire.

MARIE.

Donnez. (*Elle lit.*)« Mon fils, tout est fini pour nous
« sur la terre, nous ne nous reverrons plus que dans
« le ciel... (*Moment de silence.*) dans le ciel où toutes
« les larmes sont comptées par Dieu, dans le ciel qui
« est la patrie des pauvres orphelins et des mères dé-
« laissées. Avant de te quitter pour jamais, ici bas, j'ai
« voulu te dicter mes dernières volontés : Un homme
« fut cruel, bien cruel envers moi ; mais cet homme
« était ton père, j'ai pardonné ; il t'a élevé, je le sais,
« il a mis en toi son espérance et son bonheur. Aime-
« le comme je l'ai aimé, et ta mère priera pour toi
« là-haut. »

REPRISE *à l'orchestre:*
Une mère, *etc.*

ARTHUR.

Reçois mes serments, ô mon Dieu ! j'obéirai. *(Pendant la lecture de la lettre, l'agitation de lord Melvil a augmenté progressivement, sa figure a dû exprimer le combat intérieur qui a lieu en lui; aux derniers mots d'Arthur, lord Melvil n'y tenant plus, prend son fils par le bras, le regarde en versant des larmes, puis le jette dans les bras de Marie ; elle couvre son enfant de baisers et comprenant l'intention de lord Melvil le lui montre avec un cri de joie, en le rejetant, à son tour dans ses bras.)*

LORD MELVIL.

Arthur, Marie, vous l'emportez... Lady Melvil, embrassez votre fils.

ARTHUR.

Ma mère!...

MARIE , *à lord Melvil.*

O Lionel ! soyez béni !

FIN.

9 782014 019728